LASS MICH RAUS

Michael Wolliston

Originalausgabe

© 2022 Michael Wolliston

ISBN: 9798777423849

Inhalt

1. HERR THOMAS

„Danburger Polizei hier, wie kann ich Ihnen helfen?"

„Ja, Guten Abend mein Herr, mein Name ist Helga Schneider und ich bin eine sehr alte Frau. Meine Füße tun mir weh. Deswegen bin ich gerade zur Apotheke gegangen, aber leider ist sie schon geschlossen!"

„Tut mir leid, Frau Schneider, aber wir sind die Polizei und nur hier für Notfälle."

„Aber das hier ist ein Notfall...meine Füße tun mir weh!", sagt die alte Frau. „Können Sie nicht für mich das Geschäft kurz noch mal öffnen? Sie sind die Polizei! Letzte Woche hat meine Freundin mir gesagt, wie einer von Ihnen ihr über die Straße geholfen hat!"

„Tut mir wirklich leid, aber in diesem Fall können wir Ihnen nicht helfen."

„Aber was soll ich denn tun?", fragt sie. „Ich kann nicht mehr gehen!"

„Dann bleiben Sie, wo Sie sind, bestellen Sie sich ein Taxi und fahren Sie nach Hause...danach stellen Sie Ihre Füße in kaltes Wasser!"

„Oh, das ist aber eine gute Idee! Vielen Dank für Ihre Hilfe! Wie ist Ihr Name junger Mann?"

„Mein Name ist Herr Winkler und ich wünsche Ihnen noch einen schönen Abend."

„Oh danke, ich…"

Herr Winkler legt das Telefon auf. Er schließt die Augen und schlägt dreimal leicht mit dem Kopf auf seinen Schreibtisch. Das ist das Leben von Herrn Winkler. Fast jeden Tag bekommt er viele Anrufe von Menschen wie der alten Frau. Egal ob alt oder jung, manche von ihnen haben nicht alle Tassen im Schrank. Andere sind einfach nur einsam.

Mit Augen jetzt wieder offen sieht er durchs Fenster von seinem Büro und atmet tief aus. Im Hauptbüro kann er viele andere Polizeibeamte am Arbeiten an ihren Schreibtischen sehen.

Jetzt kommt ins Zimmer die Kommissarin. Fast alle Männer stehen plötzlich auf, um ihre Chefin zu grüßen.

Die Kommissarin lächelt. „Setzen Sie sich meine Herren und bitte arbeiten Sie weiter!", sagt sie. „Ich habe schon gesagt, dass ich keine Königin bin und jedes Mal, wenn ich in dieses Büro komme, sollten Sie nicht für mich aufstehen!"

Die Frau ist ziemlich schön und schlank, mit typischen blonden Haaren, die man aus einer Flasche in einer Drogerie kaufen kann. Sie sieht wie die Mutter einer Barbiepuppe aus, denkt Herr Winkler. Fast alle Männer mögen sie, ob verheiratet oder nicht.

„Kommissarin Wessler, möchten Sie eine Tasse Tee?", fragt einer der Männer.

„Ja gerne", antwortet sie. „Schwarz mit drei Löffeln Zucker, bitte."

„Guten Abend Frau Wessler", sagt eine der wenigen Frauen im Büro.

„Bitte Sandra...nenn mich Tanja!" sagt die Chefin, ein bisschen genervt. Sie nähert sich der Polizistin und spricht leise: „Wir Frauen müssen zusammenhalten!"

Die Kommissarin dreht sich plötzlich um und lächelt Herrn Winkler direkt durchs Fenster an.

Aber Herr Winkler lächelt nicht zurück. Er ist wahrscheinlich der einzige Mann im Büro, der die Kommissarin gar nicht mag. Aber er ist Profi und glaubt, dass man immer gut zusammenarbeiten sollte, egal ob man sich mag oder nicht.

Das Telefon auf seinem Schreibtisch klingelt wieder.

„Hallo, Polizei hier, wie kann ich Ihnen helfen?"

„Hallo, es geht um meine Nachbarn von oben", antwortet ein Mann.

„Ihre Nachbarn? Was ist los mit Ihnen?", fragt Herr Winkler.

„Sie machen jeden Tag viel Lärm. Ich glaube, dass Sie meine Decke durchbrechen wollten."

„Warten Sie mal...Sie haben gesagt SIE WOLLTEN...was ist mit ihnen passiert?"

„Sie sind tot."

„Tot? Sind sie wirklich tot?"

„Naja...fast tot."

„Was meinen Sie fast tot? Kommen Sie bitte auf den Punkt!", sagt Herr Winkler.

„Ich soll auf den Punkt kommen? Dann hören Sie mir gut zu... wenn Sie nicht mit ihnen reden und der Lärm nicht stoppt, dann sind sie in 90 Minuten tot...tot...ganz tot."

„Sie wollen in 90 Minuten Ihre Nachbarn umbringen?"

„Ja, gerne! Oder möchten Sie lieber, dass ich es schneller tue? Das wäre kein Problem für mich."

Er drückt einen roten Knopf auf seinem Tisch und spricht: „Wir werden sofort mit Ihren Nachbarn reden! Also, wie ist Ihre Adresse?" Er sucht nach einem Kuli auf dem Tisch.

„Meine Adresse? Sie haben meine Telefonnummer...benutzen Sie sie und kommen Sie her, bevor die 90 Minuten, nein, die 89 Minuten vergangen sind."

KLONK!

„Mensch...was war das?" fragt Herr Winkler schockiert.

„Das waren meine lieben Nachbarn. Wie ich gesagt habe, sie machen viel Lärm und wollen meine Decke durchbrechen. Ist Ihnen das jetzt klar? Man hat hier nie seine Ruhe!"

„Okay...ich habe Ihre Adresse und die Polizei ist unterwegs", sagt Herr Winkler.

„Wie lange brauchen Sie bis sie hier sind?"

„Nicht lange...ungefähr zehn Minuten. Mein Nachname ist Winkler, wie heißen Sie?"

„Bitte fragen Sie mich das nicht. Wir sind und bleiben keine Freunde", antwortet der Mann.

„Okay, aber Sie haben uns angerufen. Mein Vorname ist Martin und ich will Ihnen helfen."

„Ich nenne Sie lieber Herr Winkler, und Ihre Zeit läuft ab. Jetzt haben Sie fast 87 Minuten noch."

„Stimmt, aber jetzt haben Sie meinen Nachnamen…wie heißen Sie?" fragt Herr Winkler nochmal.

„Sie brauchen meinen Nachnamen nicht. Wenn Sie meine Telefonnummer haben, dann sollten Sie fast alles über mich wissen. Und jetzt hören Sie auf mit den dummen Fragen und machen Sie Ihre Arbeit!"

Vom Hauptbüro kommen jetzt Sandra und die Kommissarin rein. Sie stehen neben Herrn Winkler. Es ist ihm klar, dass wenigstens eine von ihnen etwas sagen will.

Sandra schreibt schnell etwas auf ein Blatt Papier und zeigt es ihm…WIR BRAUCHEN MEHR INFORMATIONEN…WIR KÖNNEN SEINE ADRESSE NICHT FINDEN!

Obwohl er vor seinem Computer sitzt, schreibt Herr Winkler etwas zurück auf dem gleichen Blatt…WIESO?

Sandra schreibt…SEINE TELEFONNUMMER HAT SICH DREIMAL GEÄNDERT!

„Hallo?" fragt der Mann. „Sind Sie noch da?"

„Ja…ja ich bin noch hier", antwortet Herr Winkler, „aber wir können dieses Spiel mit Ihnen nicht mehr spielen!"

„Aber hier gibt's kein Spiel…", antwortet der Mann sehr ruhig.

„Okay, hören Sie mir zu…ich habe einen Fehler gemacht und wir können nicht finden, wo Sie sind. Wie ist Ihre Adresse? Ohne sie können wir den Lärm nicht stoppen…bitte!"

„Die Frau streitet fast jeden Tag mit ihrem Ehemann", ist der Manns einzige Antwort.

„Jedes Paar streitet manchmal, aber das ist kein Grund sie umzubringen!", sagt Herr Winkler laut. Der Beamte springt plötzlich auf und deutet auf den Lautsprecher auf seinem Tisch. „Also, sagen Sie mir Ihren Namen! Wenn Sie mir keinen Namen geben, werde ich Sie Herr THOMAS nennen!"

„Aber, das ist nicht mein Name."

„Herr THOMAS, was genau wollen Sie von uns?", fragt der Beamte.

Der Mann atmet tief ein und dann langsam aus. „Ich arbeite meistens in meinem Wohnzimmer und nachmittags kommen die Kinder von meinem Nachbarn nach Hause..."

„Und?"

„...und Herr Winkler, sie spielen viele Videospiele und ihrer blöde Fernseher ist immer sehr, sehr laut. Warum kauft man so einen riesigen Fernseher, der 92 Zoll hat? Die kleine Verbesserung der Bildqualität lohnt sich nicht. Alles was man bekommt ist viel mehr Lärm!"

„Alle Fernsehern machen Lärm!", sagt Herr Winkler.

„Stimmt, aber es gibt sechs Etagen in diesem Gebäude...und ich bin mir total sicher, dass der meiste Lärm von ihnen kommt!"

„Herr THOMAS, sind die Eltern auch dabei?", fragt Herr Winkler. Er setzt sich wieder auf seinen Stuhl.

„Wie bitte?"

„Ich meine, wenn die Kinder nach Hause kommen, sind die Eltern auch dabei?"

„Der Vater ist arbeitslos und fast immer bei ihnen", antwortet der Mann.

„Echt? Wieso wissen Sie, dass der Vater arbeitslos ist?"

„Herr Winkler, meine Nachbarn sprechen sehr, sehr laut und ich bin nicht taub. Wenn wir beide unsere Fernseher ausschalten, kann ich fast alles von ihnen hören!"

„Herr THOMAS, ich verstehe Sie jetzt. Der Mann ist arbeitslos, aber seine Frau arbeitet und wenn sie nach Hause kommt, gibt es normalerweise Streit?"

„Richtig Herr Winkler! Streit wie, warum ist das Haus nicht aufgeräumt? Oder Ich habe schwer gearbeitet, was genau hast du heute getan? und so weiter."

„Und deshalb machen die Kinder den Fernseher sehr laut?", fragt der Beamte.

„Wieder richtig! Sie wollen den Streit von ihren Eltern nicht hören."

„Herr THOMAS, bitte können Sie…"

„Mein Name ist MEIER! HERR MEIER! verstanden?", ruft der Anrufer. „M - E - I - E - R ! Nennen Sie mich HERR THOMAS nochmal und ich schwöre, dass ich die Frau sofort erschießen werde!"

„Okay…okay …ganz ruhig Herr Tho...ahm... Herr Meier, ganz ruhig!", sagt Herr Winkler.

DONG!

„Sie haben noch 84 Minuten. Kommt die Polizei bald, oder was? Sie haben kein Wort mehr davon gesagt! Haben sie wirklich meine Adresse noch nicht gefunden?"

„Ja…ich meine nein… unser Tech-Amt kann sie nicht finden."

„Oh gut, das bedeutet, dass dieses Handy ganz gut funktioniert... die Nummer ändert sich viermal oder fünfmal jede Minute, oder? Endlich habe ich einmal etwas Nützliches im Dark Web gekauft!"

Die Beamten sehen einander an.

„Und was macht die Kommissarin gerade?", fragt Herr Meier, die Stille unterbrechend. „Ist sie bei Ihnen oder trinkt sie wie immer ihre Tasse englischen Tee?"

„Ich war Tee trinken, als Sie uns angerufen haben", sagt die Kommissarin über den Lautsprecher. „Jetzt hören Sie mir zu. Sie hatten Ihren Spaß, antworten Sie uns und lassen uns diese Sache zu Ende bringen!"

„Oh Herr Winkler, wie süß es ist, wenn die Chefin spricht...oder sind es nur Ihre Zähne, die süß sind? Mag sie immer noch drei Löffel Zucker in ihrem Tee?"

„Hey! Sie sprechen, als ob ich nicht hier bin!", protestiert die Chefin.

Sandra geht schnell und setzt sich neben Herrn Winkler an den zweiten Computer.

„Und liebe Leute…", fang Herr Meier an, „bevor Sie weiter nach mir suchen...ein kleiner Hinweis für Sie alle...ich bin kein Ex-Polizist. Ich versuche nur Ihnen zu helfen."

„Aber…"

„Es gibt kein aber, meine Damen und Herren. Ich habe nur Ihr schönes Polizeibüro in einem Fernsehbericht, genau wie etwa 16.000 andere Zuschauer gesehen."

Sandra steht wieder auf, ziemlich enttäuscht. Sie ist sicher, dass er die Wahrheit spricht. Vor drei Monaten wurde ihr Büro in einer Fernsehdokumentation gezeigt.

„Wer sind Sie denn?", fragt Herr Winkler.

„Die Frau streitet fast jeden Tag mit ihrem Ehemann...", antwortet er kurz.

„Das wissen wir ja schon! Erzählen Sie uns etwas Neues oder sagen Sie uns wenigstens Ihre Adresse!", verlangt Herr Winkler.

„Etwas Neues? Okay das mache ich...der Ehemann streitet fast jeden Tag...mit seiner Frau!" Er macht eine Pause, in der niemand lacht und spricht dann weiter, aber diesmal ganz ernst: „Es macht mich sehr traurig, die beiden täglich streiten zu hören. Meine Eltern sind beide gestorben, sie stritten nie, sondern haben einander bis zu ihrem Tod nur geliebt."

Herr Winkler atmet laut aus. Das Gespräch führt nirgendwohin. Für einen Moment denkt er über die Situation nach und setzt sich auf. „Herr Meier...wie laut ist es im Moment bei Ihnen?", fragt er plötzlich.

„Jetzt? Heute Abend ist es nicht so schlimm, weil ihr Fernseher nicht so laut ist. Warum fragen Sie mich?"

„Nicht so laut, sagen Sie? Aber es ist schon acht Uhr abends! Ist die Frau nicht zu Hause?"

„Hmmmm...nein. Nein, sie ist nicht zu Hause."

„Echt?", sagt Herr Winkler überrascht. „Das macht keinen Sinn. Wenn es heute Abend bei Ihnen nicht so laut ist, warum genau rufen Sie uns an?"

„Das ist eine gute Frage. Ich habe heute Geburtstag und deshalb möchte ich heute Abend keinen Lärm haben."

„Ich verstehe Sie immer noch nicht."

„Ich wollte nur ein bisschen Ruhe haben, das heißt kein Lärm und kein tägliches Streiten, wie während den letzten zwei Monaten, seit sie hier eingezogen sind."

„Aber Herr Meier, wenn die Frau zurückkommt, wird es wieder laut sein!", sagt Herr Winkler.

„Wieder laut sein? Nein, nicht heute Abend... heute Abend wird es ziemlich ruhig sein. Wollen Sie mit ihr sprechen?"

„Oh nein! ...bitte gehen Sie nicht nach oben zu ihren Nachbarn!", ruft Herr Winkler.

„Nach oben? Nein, nein, nein. Sie liegt hier auf meinem Bett...einen Moment bitte."

Herr Winkler, die Kommissarin und Sandra sehen einander an, wieder sprachlos.

2. ZWEI?

Mit seinem Handy noch in seiner Hand geht Herr Meier langsam zu seinem Bett und setzt sich darauf. Neben ihm liegt eine Frau, sehr schön und schlank, mit ihren Händen und Füßen auf ihrem Rücken gefesselt.

„Herr Winkler, hier ist meine Nachbarin", sagt Herr Meier. Er gähnt und sein Gesicht nähert sich der bewegungslosen Frau. „Liebe Nachbarin, weil ich heute Geburtstag habe, dürfen Sie kurz mit der Polizei reden. Also, Frau Nachbarin, streiten Sie fast jeden Tag mit Ihrem Ehemann?"

„Ja, ich streite fast jeden Tag mit meinem Ehemann!", antwortet sie schnell mit einer Mischung aus Angst und Tränen.

„Und morgen früh, wenn Sie noch leben, was wollten Sie dann tun?", befragt er sie weiter.

„Ich würde den ganzen Tag mit meinem Mann verbringen!", antwortet sie. „Ich würde ihn küssen und würde nie wieder mit ihm…"

Herr Meier drückt seinen Finger sanft gegen ihre Lippen. „Das ist genug."

Die Kommissarin schreibt etwas auf ein neues Blatt und zeigt es schnell Herrn Winkler: SAGEN SIE ZWEIMAL „HALLO SIND SIE NOCH DA?" UND DANN LEGEN SIE DAS TELEFON AUF.

Herr Winkler sieht seine Chefin an, ganz verwirrt von ihrem Befehl. Aber Befehle sind Befehle...

„Hallo, sind Sie noch da?", fragt Herr Winkler.

„Ja, ich bin noch hier..."

„Hallo...Herr Meier, sind Sie noch da?", fragt Herr Winkler nochmal.

„Hallo?", antwortet Herr Meier, „Was ist los bei Ihnen?"

Aber Herr Winkler hat das Telefongespräch schon beendet, wie die Kommissarin ihm befohlen hatte.

„Was machen wir jetzt?", fragt er die Kommissarin.

„Er spielt ein verrücktes Spiel mit uns. Aber bestimmt hat er nicht erwartet, dass wir auflegen würden! Ich habe jetzt eine Idee. Rufen Sie schnell die Telefonfirma an...Sandra, wie lange hat das Gespräch mit Herrn Meier gedauert?"

„Genau 9 Minuten, 42 Sekunden...", antwortet Sandra.

Die Assistentin der Telefonfirma antwortet sofort: „Guten Abend, Danburger Telekom hier, die Wahl der Bundesrep..."

„Genug!", unterbricht die Kommissarin. „Schicken Sie uns bitte alle Informationen über einen Anruf, der genau 9 Minuten und 42 Sekunden gedauert hat, aber nur in den letzten 11 Minuten!"

„Moment mal... ", sagt die Assistentin am anderen Ende. „Oh je...es gab zwei."

„*Zwei Anrufe*? ...Es gibt zwei Anrufe, die gleich lang gedauert haben? Mist!", ruft die Kommissarin. Sie schlägt plötzlich schwer auf den Tisch. Schockierend springen Herr Winkler und Sandra beide zurück. Die Chefin spricht danach weiter:

„...okay, okay...ruhig bleiben...haben Sie die Informationen für beide?"

„Ja, das haben wir. Sie kommen jetzt auf Ihren Computer."

„Danke für Ihre Hilfe", sagt die Kommissarin.

„Bitte...und entschuldigen Sie meine lange Begrüßung. Ich bin neu hier und hätte..."

Sandra drückt einen Knopf auf dem Schreibtisch, der das Gespräch für die Kommissarin beendet. Sehr unhöflich, aber notwendig in diesem Fall. „Okay jetzt haben wir die zwei Nummern", sagt sie. „Der erste Anruf kommt von einem Herrn Hagen. Er lebt allein...arbeitet bei Siemens und hat eine Tochter, die Matilda heißt. Der Telefonanruf kam aus Tempelhofer Garten. Sein Haus, das..."

„Stop!", unterbricht die Kommissarin, „Wir suchen nach jemandem, der in einem Hochhaus lebt...prüfen Sie bitte die zweite Nummer."

„Gerne...die zweite Nummer auf der Liste kommt von Herrn Blond. Er hat keine Geschwister, sondern drei Katzen... Die Adresse ist Danburg, Heiligstraße 1898 und die Nummer lautet: *null, eins, zwei... ähm... drei... vier*? Hey, was soll das?"

„Oh man, oh man", sagt Herr Winkler. „*Fünf, sechs und sieben*. Sicher gehört diese Nummer dem Kerl, aber sie ist nutzlos für uns!"

„Wir sind auf dem Holzweg", sagt die Kommissarin enttäuscht. Sie setzt sich langsam neben Herrn Winkler. Nach ein paar Sekunden dreht sie sich plötzlich zu ihm um: „Bisher haben Sie das mit Herrn Meier gut gemacht. Aber er hat uns vieles erzählt, also kann ich nicht glauben, dass er uns keinen

13

Hinweis gegeben hat. Wiederholen Sie bitte alles, was wir bis jetzt über ihn wissen."

„Er heißt Herr Meier. Das Hochhaus, in dem er wohnt, hat sechs Etagen. Seine Nachbarn von oben haben Kinder. Der Vater ist arbeitslos. Sie streiten oft und machen viel Lärm dabei...", sagt der Beamter. „Sie haben mehr als ein Kind. Ihre Kinder sind wahrscheinlich Jugendliche, weil sie täglich ihre Videospiele spielen...ähm sie sind vor zwei Monaten eingezogen...ähm...mehr wissen wir nicht."

„Doch!", ruft die Kommissarin plötzlich aufgeregt. Sie springt wieder auf. „Ja, er hat auch über den Lärm von den Videospielen gesprochen, der aus ihrem riesigen Fernseher kommt! Das ist der Hinweis! Wie oft kauft man so einen großen Fernseher in dieser Stadt? Selten, oder?"

„Sie haben recht", antwortet Herr Winkler. „Der ist 92 Zoll groß. Ich würde sagen, dass in unserer Stadt nur ein paar davon gekauft werden!"

„Genau. Fangen Sie an nach ihnen zu suchen!" befiehlt die Kommissarin, „Ich will, dass wenigstens fünf Beamte daran arbeiten... und zwar sofort!"

„Aber Kommissarin, man könnte ihn auch im Internet gekauft haben!", sagt Sandra.

„Ich glaube das nicht", sagt Herr Winkler. „Denken Sie darüber nach. Wenn man so viel Geld für ein elektronisches Gerät ausgibt, würde man es bestimmt erst in einem Geschäft sehen wollen. So einen riesigen Fernseher kann man normalerweise nur in den großen Kaufhäusern, wie Media Markt oder Saturn kaufen."

„Sie verschwenden unsere Zeit!" sagt die Kommissarin. „Fangen Sie jetzt an zu suchen!", befiehlt sie nochmal, diesmal aber lauter. Sofort machen sechs Beamte viele Anrufe. Nach fünf Minuten haben sie zwei Käufer gefunden, aber einer von ihnen hatte das Gerät zurückgeschickt, weil es zu schwer war, um ihn an seine Wand zu hängen.

Der andere Käufer war die Danburger Polizei...das Tatort Amt. Oh je!

„Kommissarin!", ruft Sandra plötzlich ganz aufgeregt. „Wir haben gerade einen dritten Käufer gefunden! Vor fast zwei Monaten hat eine Käuferin, die Petra Jacobvic heißt, so einen riesigen Fernseher gekauft!"

„Und was macht sie so besonders?"

„Sie hat gleichzeitig zwei Videospiele für die zwei Jungs, die bei ihr waren, gekauft", antwortet die Polizistin. „Der Verkäufer erinnert sich sehr gut an sie, vor allem, weil sie sehr, sehr schön aussah und auch weil sie alles in bar bezahlt hat!"

„Aber hat sie einen Ehemann? Und war er auch dabei?"

„Ja, und er stritt mit ihr die ganze Zeit über wie viel Geld, dass sie ausgeben wollte..."

„Das müssen sie sein! Okay, die Suche ist beendet. Endlich können wir nach weiteren Informationen über diesen Mann suchen. Wir..."

„Schon unterwegs...", unterbricht Sandra, während sie den Computerbildschirm anschaut, „...und ja...da ist er...wir haben ihn gefunden! Der Ehemann der Frau Petra Jacobvic, heißt Filip Jacobvic. Er ist arbeitslos und hat ein Handy, das von seiner Frau bezahlt wird", sagt sie. „Wir sehen auch ihren Fernseher und weitere Handyverträge... ihre Adresse ist Hermannstraße 92, 01067 Danburg."

„Das passt...", sagt Herr Winkler, „und es gibt fast täglich Anrufe zwischen den beiden. Jetzt haben wir bestimmt die Nummer des Ehemanns, aber trotzdem muss er alles noch bestätigen."

Sandra ruft die Nummer an. „Es läutet...", sagt sie.

„Hallo?", antwortet ein Mann mit einer sehr tiefen Stimme.

„Hallo, hier ist die Polizei von Danburg"

„Die Danburger Polizei? Hahaha, was für einen Witz!" Er lacht und legt auf.

Sandra ruft die Telefonnummer nochmal an.

„Hallo?", antwortet der Mann wieder.

„Bitte legen Sie das Telefon nicht wieder auf!", bittet Sandra. „Wir sind wirklich die Polizei und müssen mit Ihnen sprechen!"

„Junge Frau, machen Sie keine Witze, ich werde…"

„Es geht um Ihre Frau", unterbricht sie.

„Meine Frau? Wie meinen Sie das? Geht es ihr gut? Hat sie etwas Falsches getan?"

„Wir glauben, dass es ihr gut geht und sie hat nichts getan, aber wir müssen schnell bestätigen, dass Sie der Mann sind, nach dem wir suchen."

„Wie bitte?"

„Erstens…wie ist Ihr Nachname?"

„Jacobvic… J A C O B V I C ... machen Sie bitte keine Witze. Sind Sie wirklich die Polizei?"

„Ja das sind wir, und wir haben nicht viel Zeit. Antworten Sie mir bitte, nur mit *ja* oder *nein*."

„Okay, das werde ich...aber ist meine Frau in Gefahr?"

„Herr Jacobvic, Sie müssen unsere Fragen beantworten. Es ist sehr wichtig, dass Sie uns helfen. Heißt Ihre Frau Petra Jacobvic?"

„Oh Gott, ja, so heißt sie!"

„Haben Sie sie in der letzten halben Stunde gesehen?"

„Nein, sie ist nicht bei mir."

„Und ist das normal für sie? Um diese Uhrzeit?", fragt Sandra.

„Ähm...eigentlich nicht. Es ist acht Uhr. Normalerweise würde sie mich anrufen, wenn sie Überstunden machen muss."

„Okay...und haben Sie Kinder?"

„Ja, zwei Jungs, die jetzt mit ihren blöden Videospielen spielen. Den Jungs geht es gut, aber sagen Sie mir jetzt... was ist los mit meiner Frau?"

„Bald werden wir Ihnen alles erklären, aber wir haben noch eine weitere Frage...und entschuldigen Sie, dass ich fragen muss, aber sind Sie arbeitslos?"

„Wieso wissen Sie, dass ich...? Okay. Ja...ja ich bin arbeitslos! Sind Sie jetzt zufrieden?"

„Einen Moment bitte", sagt Sandra. Sie drückt einen Knopf, so dass der Mann ihre Stimme nicht hören kann.

„Bestimmt ist er der Ehemann der gekidnappten Frau", sagt sie zu Herrn Winkler und der Kommissarin.

„Ich muss einen Anruf machen", sagt die Kommissarin leise und verlässt das Büro.

„Hallo?" sagt der Mann.

Sandra will den Mann nicht erschrecken. Sie wird ihn anlügen. Sie lässt den Knopf wieder los und spricht: „Okay, wir glauben, dass Ihre Frau okay ist, aber wir müssen Ihre Wohnung überprüfen. Wie ist Ihre Adresse?"

„Sie lügen!", ruft er. „Erzählen Sie mir die Wahrheit! Ich habe gut mit Ihnen kooperiert und jetzt sagen Sie mir, was mit ihr los ist!"

„Herr Jacobvic, wir brauchen Ihre Adresse, es ist sehr wichtig! Wenn Sie und Ihre Kinder die Wohnung verlassen haben, dann können wir Ihnen alles erklären."

„Meine Adresse bekommen Sie erst, wenn Sie mir alles über meine Frau erklären!"

„Hören Sie mir gut zu...", sagt Sandra, „wenn wir uns wegen Ihnen verspäten, und Ihrer Frau etwas Schlimmes passiert ist, wie erklären Sie das Ihren Kindern?"

„Ähm, na gut. Meine Adresse ist Hermannstraße 92, 01067 Danburg."

„Und wie ist Ihre Wohnungsnummer und in welcher Etage wohnen Sie?"

„Wohnung 409, in der vierten Etage."

Sandra und Herr Winkler schauen jetzt auf, als die Kommissarin wieder ins Büro kommt. Sie hat alles auf ihrem Headset mitgehört und zeigt ihnen die Daumen hoch.

„Danke, wir haben jetzt alles bestätigt", sagt Sandra noch am Telefon. „Jetzt gehen Sie mit Ihren Kindern sofort raus und schließen die Tür. Wir sind gleich bei Ihnen."

„Okay... Jungs kommt her! Wir müssen sofort raus!"

„Herr Jacobvic, es ist wichtig, dass Sie diesen Anruf nicht beenden, wenn Sie draußen sind. Gehen Sie jetzt!"

Der Mann dreht sich zu seinen Kindern um. Die Jungs spielen immer noch ihre Videospiele. „Markus, Thomas! ...ich meine es ernst! Schaltet den Fernseher aus und gehen wir!", sagt er lauter.

„Nein! Schalten Sie den Fernseher nicht aus!", rufen Sandra und Herr Winkler gleichzeitig. Sie schauen einander kurz an und sehen dann wieder zu dem Lautsprecher auf dem Tisch.

„Wie bitte? Ich sollte ihn nicht ausschalten?", fragt der Mann verwirrt. „Aber Sie haben gerade gesagt, dass wir rausgehen müssen!"

„Ich weiß, dass es eine seltsame Bitte ist", sagt die Polizistin, "aber vertrauen Sie mir und lassen Sie den Fernseher an."

„Warum kann er ihn nicht ausschalten?", fragt die Kommissarin Herrn Winkler leise.

„Weil Herr Meier bemerken würde, dass es plötzlich kein Lärm gibt!", antwortet er. „Wahrscheinlich wohnt er direkt unter der Familie in der dritten Etage, in Wohnung 309. Die Polizei ist schon in der Nähe."

„Okay, wir gehen und ich lasse den Fernseher an...", sagt Herr Jacobvic, immer noch am Handy „...ich werde nur den Ton ein bisschen leiser machen."

„Nein! Fassen Sie ihn nicht an!", schreit Sandra.

„Herr Meier wird uns wahrscheinlich kürzlich zurückrufen", kommentiert die Kommissarin. „Ich denke, dass er nicht zufrieden sein wird, bis jemand stirbt!"

„JUNGS!" schreit der Vater plötzlich seine schockierenden Kinder an. „Seid ihr taub? Wir müssen hier sofort raus!"

Endlich fangen die drei an, das Wohnzimmer zu verlassen.

„Wir haben nur 55 Minuten", sagt die Kommissarin. „Wir müssen die anderen Leute im Hochhaus warnen."

„Aber wenn wir das tun, dann weiß auch Herr Meier das etwas passiert", warnt Herr Winkler.

Und gerade in diesem Moment klingelt sein Telefon. Sandra nimmt ab. „Es ist nochmal Herr Meier", sagt sie leise.

„Hallo Herr Meier! Gott sei Dank, dass wir wieder verbunden sind!", sagt Herr Winkler freundlich, obwohl er den Mann hasst.

„Halt die Klappe, Herr Winkler. Was haben Sie gerade getan?"

„Wir suchen immer noch nach Ihrer Adresse", lügt der Beamte nochmal.

Sandra sitzt jetzt in ihrem eigenen Büro, noch mit Herrn Jacobvic verbunden. Ihr Büro ist neben dem Büro von Herrn Winkler. Sie ist allein, sodass Herr Jacobvic nichts von seiner gekidnappten Frau hören kann. „Sind Sie jetzt alle draußen?", fragt sie ihn.

„Ja, das sind wir."

BIEP!

„Bitte gehen Sie weiter weg. Vielleicht gibt es ein Café in der Nähe?"

„Wie bitte? Sie wollen wirklich, dass ich gehe und einen Latte oder Cappuccino trinke, während meine Frau in Gefahr ist?", fragt er schockiert.

„Ähm…", sagt Sandra, unsicher was sie sagen soll.

„Ich warte dem Hochhaus gegenüber und gehe keinen Schritt weiter!", sagt der Mann.

BIEP BIEP!

Sandra bemerkt jetzt den „BIEP"-Ton. Sicher kommt er von einem Telefon bei ihr. *„Mann, o Mann...wer ruft mich jetzt an?"*, denkt sie. *„Zwei Anrufe gleichzeitig? Wie ist das überhaupt möglich?"* Sie sieht ihre Telefonanzeige an, aber alles sieht in Ordnung aus.

„Hallo Frau Beamtin…", sagt Herr Jacobvic plötzlich.

„Ja?"

BIEP! BIEP!

„Mein Handy ist nicht geladen...das Akku ist sehr schwach. Ich kann..."

„Schreiben Sie schnell meine Nummer auf!", unterbricht Sandra, „0175..."

BIEP! BIEP!

„Ich habe gesagt, dass meine Akku schwach ist!", ruft der Mann, jetzt sehr böse. „Ihre Nummer hilft mir nicht weiter! Und Sie nennen sich Polizistin? Wegen Ihnen weiß ich immer noch nicht, was mit meiner Fr... "

BIEP! BIEP! BIEP! BIEP! BIEP!

Die Verbindung ist beendet.

Sandra will keinen Tadel dafür bekommen. Sie überlegt was sie machen soll. Endlich weiß sie, was sie der Kommissarin erzählen wird. Sie wird ihr sagen, dass Herr Jacobvic plötzlich das Telefongespräch beendet hat. Das ist keine komplette Lüge...oder?

Zurück im Büro nebenan, ist die Lage nicht viel besser...

„Herr Winkler, ich bin nicht dumm", warnt Herr Meier. „Ich weiß, dass Sie etwas geplant habe. Wollen Sie mich wirklich an meinem Geburtstag erschießen?"

„Natürlich nicht", lügt Herr Winkler nochmal. „Wir wollen nicht, dass jemand stirbt, aber…"

„Aber in 49 Minuten wird diese Frau…meine liebe, schöne Nachbarin, tot sein", unterbricht Herr Meier.

„Tun Sie das nicht", bittet Herr Winkler.

„Wie bitte? *Tun Sie das nicht*, sagen Sie?" Herr Meier fängt hysterisch an zu lachen. „Ha ha ha ha! Sie sind sehr lustig Herr Winkler! Ha ha ha ha! Seit so vielen Jahren habe ich nicht so viel gelacht…*Tun Sie das nicht?* ...hahaha!"

Herr Meier lacht immer noch. Er lacht so viel, dass er für einen Moment kaum atmen kann. Er hustet laut und atmet dann langsam fünf oder sechs Mal tief ein und aus, um ihm sich zu beruhen.

Endlich fühlt er sich besser und lacht nicht mehr so hysterisch. „Okay, Herr Winkler...ha ha ha ha! ...okay...wie Sie wünschen...ich werde es nicht tun."

„Versprochen?", fragt Herr Winkler ganz überrascht.

„Ha ha ha, ähm…ja, versprochen…ich werde die Frau nicht in 46 Minuten töten. Sie haben mein Wort...*tun Sie das nicht*...ha ha ha!"

Er legt auf.

„Hallo?" sagt Herr Winkler, aber er bekommt keine Antwort mehr. „*Das war sehr plötzlich!*" denkt der Beamte. „*War es jetzt wirklich vorbei? Wird Herr Meier diese arme Frau freilassen? ...und einfach so?*"

3. DAS S.E.K.

Herr Winkler steht auf. Er muss zur Kommissarin gehen. Sie ist jetzt in ihrem Büro, im Telefongespräch, nicht mit der Polizei, sondern dem Leiter des Spezialeinsatzkommandos (SEK). Er wartet draußen in der Nähe der Hermannstraße mit seinen bewaffneten Männern.

„Wir können keine Schießerei in einem Hochhaus voll mit Bewohnern haben!", ruft die Kommissarin.

„Natürlich stimme ich zu", sagt der SEK Leiter, „aber wenn wir nicht hineingehen und die Frau stirbt, dann werden die Medien der Welt sagen, dass wir, die Deutschen Polizei, keine Lust haben, Ausländer zu schützen!"

„Das kann sein, aber stellen Sie sich vor, was passieren wird, wenn nicht alle Deutschen das Hochhaus verlassen haben, und manche von ihnen durch eine Schießerei sterben? Dann werden alle sagen: *Oh, also 20 Polizisten springen auf und rennen los, um eine Ausländerin zu schützen, während ein paar unschuldige Deutschen dabei sterben!* Was dann?"

„Hey, die Frau ist genauso unschuldig!", schreit der SEK Leiter. „Niemand droht direkt die Bewohner. Wenn die Alarmen gehen, können sie das Gebäude verlassen, aber die Frau nicht. Wir müssen schnell reingehen!"

Die Kommissarin macht eine Pause und atmet laut aus. „Wissen Sie was? In diesem Fall kann niemand gewinnen, aber es ist besser, wenn wir etwas tun, statt gar nichts zu machen und nur die Daumen zu drücken. Okay Sie dürfen hineingehen, aber geben Sie erst den Bewohnern zehn Minuten, um das Gebäude zu verlassen."

„Zehn Minuten? Ja okay", antwortet der SEK Leiter. „Je weniger Bewohner, die im Hochhaus bleiben, desto besser. Und wer blöd genug ist, zehn Minuten Alarmen zu ignorieren, können gegen die Polizei nicht sich beschweren. Ich werde…"

„Warten Sie kurz", unterbricht die Kommissarin. „Herr Winkler ist gerade mit Neuigkeiten hereingekommen."

Herr Winkler nähert sich dem Tisch mit dem Telefon darauf und spricht: „Herr Meier hat seine Meinung plötzlich geändert. Er hat mir gerade versprochen, die Frau nicht zu erschießen."

„Echt??" fragen die Kommissarin und der SEK Leiter gleichzeitig.

„Egal ob er das ernst meint oder nicht, müssen wir die Frau schnell retten", sagt der SEK Leiter.

„Okay", sagt die Kommissarin, „wie geplant… werden Ihre Männer den Feueralarm im Hochhaus aktivieren und der Techniker wird etwas Rauch mit seiner Rauchmaschine machen. Mit etwas Glück werden danach alle Bewohner das Gebäude verlassen."

„Schnell, fangen Sie an!"

Der Plan fängt sofort an. Auf allen Etagen (außer der Dritten), schlägt die Polizei die kleinen Glaskästen ein und aktiviert die Feueralarme. Diese Beamten im Gebäude tragen keine Uniform, sondern waren genau wie die Bewohner des Hochhauses gekleidet.

„FEUER, FEUER!", rufen sie. „Wir müssen hier raus!"

Aus ihren Wohnungen fangen die Bewohner an in die Gänge rauszukommen.

„Was ist hier los?", fragt ein Mann.

„Oben ist ein Feuer!", lügt eine Polizistin. „Raus aus dem Gebäude. Schnell!"

„Raus aus dem Gebäude? Wer sind Sie? Ich habe Sie hier noch nie gesehen!", antwortet er.

„Ich wohne oben", lügt sie nochmal. „Ich werde noch an ein paar weitere Türen klopfen und danach gehe ich auch raus!"

„Hey, ich kann Rauch riechen!", schreit ein anderer Mann. „Ich gehe sofort! ...Eva ...komm schnell! Wir müssen von hier raus!"

In der dritten Etage wurde kein Feueralarm aktiviert, weil es zu gefährlich war, aber dort können fast alle die anderen Feueralarme und auch viele Schreie hören. Viele sehen aus ihren Fenstern. Unten sehen sie drei Feuerwehrautos...und einen Polizeiwagen.

Herr Meier sieht auch aus seinem Fenster. Er sieht die Feuerwehrautos, die vielen Bewohner dort und den einzigen Polizeiwagen. Er studiert noch weiter die Lage und dann lächelt plötzlich. Endlich tritt er zurück vom Fenster und dreht sich zu der Frau um. „Liebe Nachbarin, ich glaube, dass die Polizei versucht Sie zu retten. Der Spaß fängt endlich an! Hab ich gesagt: Der Spaß fängt endlich an? Ach! Sie wissen was ich meine."

Er lacht leise zu sich selbst und sieht nochmal aus dem Fenster, aber diesmal nur durch die Vorhänge.

Er hustet. „Der Rauch stört mich. Ich brauche ein bisschen frische Luft. Aber erst habe ich eine Frage an Sie...wie bequem genau finden Sie mein Bett?"

Petra Jacobvic antwortet ihm nicht. Es ist ihr klar was passieren würde, wenn sie etwas sagt, dass er nicht mag.

„Schon okay. Sie dürfen auf meine Frage antworten", versichert er. Während er spricht, holt er ein kleines Messer aus seiner

Hosentasche. Damit fängt er an ein wenig Schmutz unter einem Fingernagel zu entfernen.

„Ich...ich weiß nicht, was ich sagen soll!", antwortet Petra mit Angst.

Herr Meier lacht leise, als er den Schmutz unter einem anderen Fingernagel entfernt. „Ich bin mir sicher, dass die beste Taktik ist immer die Wahrheit zu sagen. Also, ich frage Sie nochmal...wie bequem genau finden Sie mein Bett?" Er dreht sich direkt zur Frau um und wartet auf ihre Antwort.

„Es...es...es ist besser als meins!", sagt sie schnell und schließt dann ganz fest ihre Augen.

„Besser als Ihres? Ist das alles? Liebe Nachbarin, mein Bett hat den besten Memory Foam der Welt! Glauben Sie wirklich, dass es noch ein besseres Bett auf dieser Etage gibt?"

„Ähm... nein."

„Das werden wir sehen", sagt er leise. „Das werden wir sehen." Herr Meier steckt das Messer zurück in seine Hosentasche und klatscht in die Hände. „Okay, lassen Sie uns eine andere Wohnung finden!"

„Wie bitte?"

„Ich habe gesagt, dass wir in eine andere Wohnung gehen."

„Eine andere Wohnung? Aber warum?"

„Ich stelle die Fragen, okay? Nur ich. Aber wenn Sie es wirklich wissen müssen...erstens, vielleicht ist es nicht so klug von uns, in der Wohnung direkt unter Ihrer zu bleiben...und zweitens, weil ich Ihnen wirklich beweisen möchte, dass ich das beste Bett habe!"

Petra öffnet ihren Mund, um noch etwas zu fragen, aber dann erinnert sie sich daran, was er gerade gesagt hat. Sie schließt den Mund und sagt nichts.

„Gut!" sagt Herr Meier beeindruckt. „Sie haben meinen Wunsch endlich befolgt! Okay, hören Sie mir gut zu...ich werde Sie in diese große Möbelkiste stecken und stelle ein paar Klamotten und Zeitungen auf Sie. Dann schiebe ich sie, bis wir eine offene Wohnung finden können...ganz einfach und total spannend! Nicht wahr?"

„Aber..."

„Oh, Sie möchten wissen, was passieren wird, wenn Sie sich in der Kiste bewegen, sodass jemand es bemerkt? Ganz einfach...Sie werden sterben...natürlich, auch wenn Sie schreien. Die Feueralarme sind immer noch sehr laut, und deswegen wäre es schwer einen kleinen Schuss zu hören. Verstehen Sie mich?"

„Ich werde mich nicht bewegen oder schreien, ich verspreche es Ihnen!", sagt Petra schnell. „Aber es gibt hier ein Feuer und wenn Sie dann im Gebäude bleiben und so eine große Kiste schieben, meinen Sie nicht, dass das verdächtig aussehen würde? Die Feuerwehr würde dann sofort die Polizei kontaktieren!"

Herr Meier lächelt die Frau an. „Liebe Nachbarin, ich wusste nicht, dass Sie sich so sehr um mein Wohl sorgen! Okay, seien Sie leise! Trotz Ihrer Schönheit langweilen Sie mich sehr."

4. FOTOS

Der Rauch im Hochhaus ist jetzt überall. Viele Bewohner der dritten Etage laufen den Gang entlang. Dort können sie alle Rauch sehen und riechen.

„Feuer! Lass uns raus von hier!", schreien viele von ihnen.

„Die blöde Feueralarme hier haben nicht funktioniert!", schreit ein laufender Mann. „Wofür bezahlen wir unsere Steuer? Damit sollte die Regierung uns beschützen!"

„Vergesst nicht was vor zwei Jahren im Gebäude der Straße gegenüber passiert ist!", ruft ein anderer Mann, der nur seine Unterhosen trägt. „Ich warte hier nicht, bis ich das Feuer sehe!" Trotz seiner wenigen Kleidung geht er, wie auch die anderen Bewohner, schnell aus dem Gebäude raus.

Mehr und mehr Bewohner der dritten Etage rennen schnell raus. Nur eine junge Frau rennt mit Schwierigkeiten durch die Menge in Gegenrichtung.

„Vorsicht!", ruft ein Mann, der im Weg steht. „Wohin gehen Sie? Der Ausgang ist nicht dort drüben!"

„Aus meinem Weg, bitte!", ruft sie, während sie um ihm herumläuft.

Endlich kommt sie zu ihrer Wohnung an. Mit ihrem Wohnungsschlüssel macht sie die Tür auf und geht schnell rein. Aus ihrem Schlafzimmer holt sie sofort ihr Handy-Ladegerät und iPad.

Wieder an der Wohnungstür sucht sie nach ihrem Schlüssel. In ihrer Hosentasche findet sie ihn nicht. Jemand schreit irgendwo in der Nähe. Die Frau dreht sich voller Angst um und rennt sofort zum Hauptausgang.

Genau wie viele andere Bewohner hat sie ihre Tür zugemacht aber nicht verschlossen.

———

Seit die Feueralarme aktiviert wurden, sind nur ein paar Minuten vergangen. Dem Hochhaus gegenüber stehen jetzt viele Bewohner. Dort steht auch Herr Jacobvic mit seinen Kindern.

„Vater, was ist hier los?", fragt ein Sohn. Der Vater sieht ihn erstaunt an.

„Hier sind fünf Feuerwehrwagen Markus! Wieso denkst du, dass, wir..." Plötzlich hält er sich und atmet langsam tief ein und dann wieder aus. Trotz der dummen Frage wäre es besser, wenn er ruhig bleibt. „Gib mir bitte dein Handy", fragt er ihn endlich. „Mein Akku ist leer."

„Mein Handy? Das kann ich nicht. Ich habe es neben dem Fernseher liegen lassen."

„Neben dem Fernseher? Warum hast du das getan?"

„Ich dachte, dass wir bald zurückkommen würden. Du hast uns nicht gesagt, dass wir draußen bleiben werden!"

Der Vater streckt seine großen Hände aus. „Wirklich Markus? Hast du nicht für einen Moment gedacht: Oh, vielleicht wäre es nützlich, wenn ich mein Handy mitnehme? Mensch! Ich weiß, dass dein Leben aus Facebook, Instagram und YouTube besteht, aber manchmal benutzt man das Handy auch um zu telefonieren!"

Markus lässt seinen Kopf hängen, als ein Mann zu ihnen kommt.

„Entschuldigung Sie, dass ich Sie störe, aber wohnen Sie in diesem Hochhaus?", fragt er sie.

„Ja, wer sind Sie?", antwortet Herr Jacobvic.

„Simon Kreuz ist mein Name, aber nennen Sie mich bitte Simon. Ich wohne auch hier. Ich muss Ihnen etwas zeigen. Meine Freundin und ich haben vor ungefähr einer halben Stunde auf der Haupttreppe eine Handtasche gesehen, in der wir diese Fotos gefunden haben. Der große Mann auf den Fotos sieht so aus wie Sie. Bitte schauen Sie mal."

Er gibt Herrn Jacobvic ein paar Fotos. „Im Moment hat meine Freundin die Handtasche", sagt er weiter, „aber sie kommt bald zurück."

Herr Jacobvic sieht ein Foto an. Seine Augen weiten sich. „Das ist ein Foto von mir und meiner Frau! Wir haben dieses Foto letztes Jahr in Amerika aufgenommen! ...Petra…Petra...mein Gott... Ist sie noch irgendwo im Gebäude?"

„Wie meinen Sie das?", fragt Simon. „Ist sie nicht hier draußen?"

„Jetzt bin ich mir nicht sicher und sie hat mich auch noch nicht angerufen." Plötzlich ist Herr Jacobvic wirklich um seine Frau besorgt. Er geht schnell zu den Kindern. „Kinder…kommt her! Nimmt dieses Geld und geht sofort ins Café Martha. Bleibt dort bis ich euch abhole…verstanden? Ok, geht schnell!"

„Was wollen Sie tun?" fragt Simon. „Sollten Sie nicht die Polizei informieren?"

Aber Herr Jacobvic rennt plötzlich zurück zum Gebäude „Ich muss sie finden!", ruft er Simon zu.

„Aber Sie dürfen nicht wieder rein!", ruft Simon zurück. „Sie dürfen nicht...ach! Warten Sie auf mich ...ich komme mit!" Er rennt auch los und folgt seinem neuen Freund.

„Hey Stopp! Wo gehen Sie hin?", fragt ein Feuerwehrmann. Er macht einen Schritt in ihren Weg, aber Herr Jacobvic ist noch größer als in den Fotos und mit nur einer Hand schiebt er den Feuerwehrmann zur Seite und rennt weiter.

Der Feuerwehrmann fällt zu Boden. „Kommen Sie zurück!", ruft er, aber beide Männer ignorieren ihn und rennen weiter.

Jetzt sind die zwei im Hochhaus. „Mensch!", sagt Simon und schüttelt seinen Kopf, „Ich kann nicht glauben, was ich gerade getan habe! Wahnsinn! Hey, diesen Gang hier erkenne ich nicht."

„Hier ist nicht der Haupteingang, sondern der Notausgang", antwortet Herr Jacobvic.

„Achso! Na dann, wir haben nur wenig Zeit! Auf welcher Etage sollen wir sie zuerst suchen?"

„Zuerst in meiner Wohnung auf der vierten Etage und danach, wo Sie ihre Tasche gefunden haben", antwortet Herr Jacobvic.

Sie gehen schnell die Treppe nach oben. „Der Rauch hier ist nicht so dicht", bemerkt Herr Jacobvic, als die beiden auf der vierten Etage ankommen.

„Wir müssen schnell sein", sagt Simon. „Meine Freundin erwartet bald einen Anruf von mir."

„Wohnung 409. Die Tür ist nicht verschlossen!", sind Herr Jacobvics einzige Worte.

Die beiden gehen in Wohnung 409. „Suchen Sie bitte in der Küche und im Badezimmer", bittet Herr Jacobvic. „Petra, Petra!", ruft er, „Petra, bist du da?" Er sucht weiter nach seiner Frau, aber in beiden Schlafzimmern findet er sie nicht.

Er geht dann ins Wohnzimmer, wo der Fernseher immer noch an ist. Genervt schaltet er ihn aus und holt das Handy seines Sohnes, das daneben liegt. Er ruft die Nummer seiner Frau an. Kein Klingeln bekommt er und dann: „Hallo ich bin Petra Jacobvic. Ich danke Ihnen für Ihren Anruf, aber leider bin ich im Moment nicht erreichbar. Bitte hinterlassen Sie eine…"

Er legt total frustriert auf.

„Sie ist nicht hier", sagt Simon, jetzt auch im Wohnzimmer. „Sie muss schon irgendwo draußen sein. Wir sollten auch schnell raus!"

„Ich kann nicht gehen, bis ich ganz sicher bin, dass sie nicht hier ist!", ruft Herr Jacobvic. „Wo genau haben Sie die Tasche gefunden?"

„Auf der zweiten Etage", antwortet Simon.

„Bitte zeigen Sie mir wo genau, dann gehen Sie sofort raus. An dieser Seite des Gebäudes gibt es den Aufzug. Lass uns ihn runternehmen."

„Nein", antwortet Simon. „Der Aufzug ist sehr gefährlich, wenn es ein Feuer gibt. Wir müssen die Treppe nehmen! Der Hauptausgang ist dort auch in der Nähe."

„Ja okay…Sie haben Recht!"

Die beiden rennen die Treppe nach unten und sind jetzt fast auf der dritten Etage.

Plötzlich bleibt Herr Jacobvic stehen.

„Was ist los?" fragt Simon.

Herr Jacobvic antwortet ihm nicht. Gleich unter ihnen auf der dritten Etage, vor einer Tür, liegen viele Fotos auf dem Boden. Langsam nähert er sich, geht auf ein Knie und hebt sie alle auf.

„Petra...Tante Susanna...mein Gott...Thomas, Markus und ich. Diese Fotos gehören meiner Frau! Sie hat sie alle mit ihrem Handy aufgenommen und ausgedruckt!" Er dreht sich zu Simon um. „Ich verstehe das nicht...warum liegen unsere Familienfotos auf diesem Fußboden?"

„Ich weiß nicht", antwortet Simon. „Tut mir Leid, aber ich muss jetzt raus. Sie gehen besser auch…"

BUMM!

Die zwei Männer schauen auf.

„Jemand anderes hat dieses Gebäude nicht verlassen!" sagt Herr Jacobvic.

Die beiden rennen sofort in Wohnung 309. Sie suchen überall, aber sie finden niemanden.

„Niemand ist hier", sagt Simon. „Ich muss jetzt gehen."

„Aber..."

FUD! FUD!

Diesmal hat jemand zweimal deutlich an eine Wand in der Nähe geschlagen.

„Nebenan!" rufen sie beide gleichzeitig und rennen sofort dorthin. Die Wohnungstür nebenan war auch nicht verschlossen. Herr Jacobvic rennt hinein. Es gibt drei weitere Türen. Er öffnet die erste.

Es ist ein Schlafzimmer. Das Zimmer ist sehr modern, mit teuren Bildern an der Wand, aber das große, elegante Bett ist unordentlich. Merkwürdig ist, dass die Kopfkissen weg sind.

Herr Jacobvic geht auf die andere Seite des Bettes und da kann er sehen, dass auf dem Boden ein zerbrochener Wecker liegt. Daneben, gefesselt an Händen, Füßen und jetzt auch Mund, liegt seine Frau.

Tränen kommen langsam aus ihren Augen.

„PETRA!" schreit Herr Jacobvic total schockiert.

„Einen Schritt weiter und Sie sind tot!", unterbricht Simon.

Herr Jacobvic bewegt sich nicht, aber im großen Spiegel kann er sehen, dass *hilfsbereiter Simon* jetzt eine Waffe gegen seinen Rücken drückt.

„Was für ein dummer Mann sind Sie?", fragt Herr Meier. „Aufs Bett...schön und langsam!"

„Aber Simon, ich dachte, dass Sie mir helfen!", sagt Herr Jacobvic ziemlich verwirrt.

„Legen Sie sich auf Ihren dicken Bauch und halten Sie die Klappe!", befiehlt Herr Meier.

„Aber was ist mit dem Feuer?... wir sind…"

„In diesem Gebäude ist kein Feuer, Idiot!", ruft Herr Meier. „Ich bin die einzige Gefahr hier. Klar?" Er zeigt mit seiner Waffe in die Richtung des Bettes. „Aufs Bett", wiederholt er leise.

Herr Jacobvic geht zum Bett und legt sich langsam darauf. „Bitte lassen Sie meine Frau frei", bittet er.

Herr Meier ignoriert seine Bitte und spricht weiter: „Also liebe Leute, diese Wohnung ist kälter als meine und wir wollen uns nicht erkälten, oder? Vielleicht sollte ich die Tür schließen? Ist jemand dagegen?"

Von den beiden hört er keinen Ton.

„Gut…sehr gut!", sagt Herr Meier. Er lacht leise zu sich selbst und schließt vorsichtig die Tür.

5. GEH!

Draußen, vor dem Hochhaus steht der SEK Leiter. Er wartet auf einen besonderen Polizeiwagen. Da drin sind die Kommissarin und Sandra unterwegs zur Lage.

„Fahr schneller!", kommt der Befehl vom Rücksitz.

„Ich fahre so schnell wie möglich… Kommissarin", sagt Sandra.

„Ich habe den kurzen Rock gefunden. Aber hast du die Schuhe und den Lippenstift mitgebracht?" fragt die Kommissarin. Sie durchsucht die Handtasche, die sie dabei hat.

„Ja, in der gelben Tasche."

„Oh gut", sagt die Kommissarin, „Ich bin fast bereit, aber Mann oh Mann! Im Auto sich umzuziehen, ist so schwer! Wie machen die jungen Frauen es, wenn sie jedes Wochenende auf dem Weg zum Club sind?"

„Keine Ahnung", antwortet die Fahrerin. „Ich gehe nicht in Clubs, weil ich keine junge Frau mehr bin."

Die Kommissarin wirft Sandra einen Blick zu, sagt aber nichts.

Die Bewohner des Hochhauses stehen jetzt hinter einer Polizeisperre. Davor waren natürlich nur die Polizei und Feuerwehrleute erlaubt.

„Etwas stimmt hier nicht", sagt eine Bewohnerin zu ihrem Bruder.

„Was meinst du damit?" fragt er.

„Schau mal... die Feuerwehrwagen spritzen das Wasser nur an die Seite des Hochhauses, aber der Rauch ist überall. Und schau dich um, hier gibt es fast so viel Polizei als Feuerwehrleute."

„Ach ja...du hast Recht!", sagt er. „Das ist aber merkwürdig!" Er dreht sich wieder um. „Hey, hör mal...kommt jetzt noch ein anderer Polizeiwagen?"

„Stimmt, ich glaube, dass hier etwas anderes stattfindet."

Der Polizeiwagen mit Sandra und der Kommissarin kommt an. Die Ruckplatztür öffnet schnell, aber die Kommissarin steigt vorsichtig aus, weil Sie jetzt einen sehr kurzen Rock trägt. Der SEK Leiter geht Sandra vorbei und gleich zu seiner Chefin.

„Kommissarin Wessler, was Sie jetzt planen ist verrückt. Warum sollten Sie allein reingehen?"

„Weil ich mit diesem Mann am Telefon gesprochen habe und ich diese Typen ganz gut kenne", antwortet sie.

„Das ist kein guter Grund für Sie, um allein ins Gebäude reinzugehen...Sie sind keine Jane Bond!"

„Jane Bond? Sehr lustig SEK Leiter, aber im Moment sind noch einige Bewohner im Hochhaus und es wäre sehr gefährlich für die Frau und die Bewohner, wenn bewaffnete Polizisten reingehen."

„Aber..."

„Es gibt kein *aber*...manche von ihnen könnten zum Beispiel Taub sein. Bisher habe ich nicht daran gedacht. Ich gehe da rein und wenn ich nicht in 15 Minuten mit der Frau rauskomme, dann schicken Sie Ihre bewaffneten Männer rein."

Er tritt näher zur Kommissarin.

„Tanja...du bist verrückt, fast so verrückt wie deine Kleidung!", sagt er leise. „Warum bist du so gekleidet?"

„Oh Karl, magst du meinen kurzen Rock nicht?", antwortet sie genau so leise. „Ich wollte nur wie eine Bewohnerin aussehen."

„Geh einfach, du verrückte Frau! Du hast fünfzehn Minuten diese Frau zu retten und danach gehen meine Männer mit Waffen rein!"

Hinter der Polizeisperre bemerken die Geschwister von vorhin, dass eine schöne Frau mittleren Alters in verrückter Nachtclub Kleidung mit Schwierigkeiten zum Hochhaus rennt.

„Was soll das?", fragen sie eine Polizistin in der Nähe.

„Sie ist unser...ähm...ich meine, Sie arbeitet mit der Polizei."

„Aber sie ist…"

„Bitte fragen Sie mich nicht weiter, wir haben unsere Befehle!" sagt sie. Sie dreht sich um und geht von den beiden weg

6. GUTE NACHT

Die offizielle Zeit, die Herr Meier der Polizei gegeben hat, ist jetzt abgelaufen. Er spricht am Telefon mit Herrn Winkler wieder.

„Herr Winkler..."

„Ja, Herr Meier?"

„46 Minuten sind jetzt vergangen und die Frau ist noch am Leben."

„Oh Gott sei Dank!"

„Warum klingen Sie so überrascht? Ich habe Ihnen mein Wort gegeben, diese Frau in den 46 Minuten nicht zu töten."

„Ja…und jetzt werden Sie sie freilassen?"

„Natürlich nicht."

„Wie bitte? Warum nicht?"

„Herr Winkler, ich habe nie gesagt, dass ich *nach* den 46 Minuten die Frau nicht erschießen würde."

„Oh Mann...bitte!... tun Sie das nicht!"

„*Tun Sie das nicht?* Ha ha ha! Wissen Sie was? Ich bin nicht sicher, wer am dümmsten ist...Sie oder Herr Jakabitz?"

„Wie bitte? Kennen Sie ihn?"

„Ja, natürlich. Herr Jakabitz ist jetzt auch bei mir. Er war einsam, deshalb bin ich nach draußen gegangen, um ihn abzuholen."

„Sie sind nach draußen gegangen? Das ist aber nicht möglich!"

„Doch, wegen Ihren Rauchmaschinen brauchte ich ein bisschen frische Luft. Während ich draußen war, habe ich jemandem mein Handy gegeben und er hat ein Foto von mir und einer Polizistin aufgenommen. Danach habe ich Herrn Jakabitz und seine Kinder getroffen."

„Oh Mann, das ist total verrückt! Warum tun Sie das?"

„Ich tue so, weil es Spaß macht. Verstehen Sie Spaß, Herr Winkler?"

Er dreht sich zum Bett und spricht weiter: „...und die Neuigkeiten ist, dass ich mich gerade entschieden habe, den Vater, statt seiner schönen Frau zu erschießen."

Herr Jacobvic liegt jetzt auf dem Bett mit gefesselten Händen, Füßen und verbundenem Mund.

Langsam nimmt Herr Meier seine Waffe aus seiner Hosentasche. Er zielt sie auf den Rücken von Herrn Jacobvic. „Zeit zu sterben großer Mann", sagt er. „Ich würde sagen, dass es nett war Sie kennenzulernen, aber das wäre eine Lüge."

„Tun Sie das nicht!", schreit Herr Winkler am Telefon. „Herr Meier, bitte! Zusammen können wir noch eine Lösung finden!"

Herr Meier lächelt. "Herr Winkler, heute haben Sie mich zum Lachen gebracht. Und glauben Sie mir, das ist nicht einfach! Sie haben das gut gemacht und jetzt sollten Sie nach Hause gehen, lesen Sie ein gutes Buch und entspannen Sie sich!"

„Sie möchten, dass ich ein Buch lese? Wie kann ich mich entspannen, wenn Sie gerade eine Frau erschossen haben?"

„Na dann, gehen Sie nach Hause und stellen Sie Ihre Füße in kaltes Wasser!"

Die Waffe zielt immer noch auf Herrn Jacobvic, während er das Handy vorsichtig ablegt.

Petra weint laut.

Herr Meier tritt einen Schritt näher und drückt seine Waffe gegen den Kopf von Herrn Jacobvic.

„Gute Nacht", sagt er leise und dreht sein Gesicht zur Seite, sodass er das wenigste Blut auf seinen Körper bekommt.

Plötzlich steckt er die Waffe zurück in seine Hosentasche.

„Gute Entscheidung", sagt die Kommissarin. Sie steht in der Tür und Herr Meier hat sie erst jetzt bemerkt.

Die Kommissarin schließt die Tür und ohne ein weiteres Wort nähert sie sich Herrn Meier. Ihre Waffe zeigt auf ihn.

Näher und näher kommt sie.

„Hmmm hmmm hmmm!", warnt Herr Jacobvic der Kommissarin.

Aber trotz der Warnung nähert sie sich immer noch, bis ihre Waffe gegen Herr Meiers Brust drückt. „Sie glaubten, dass Sie schlauer waren, als wir?", fragt sie ihn.

Sie hält seinen Hinterkopf und küsst ihn, während er seine Arme fest um ihren Körper stellt.

Die beiden küsst sich, als ob ihre Munde in einen Kampf wären.

Sich küssend, fallen sie gegen die Wand und auch gegen die Tür. Sie küssen sich neben der gefesselten Petra Jacobvic, die immer noch hilflos auf dem Boden liegt. Sie küssen sich weiter und mit so viel Leidenschaft, dass beide endlich aufs Bett fallen. Nur dann hören sie auf.

Atemlos liegt die Kommissarin ganz bequem auf dem Bett, mit ihrem Rücken drückt gegen den gefesselten Herrn Jacobvic. „Herzlichen Glückwunsch zum Geburtstag!", singt sie mit einer süßen Stimme.

„Danke Tanja", antwortet er.

Sie setzt sich auf, stellt die Waffe in ihre Tasche zurück und spricht weiter: „Normalerweise, wenn man Geburtstag hat, isst man Kuchen und trinkt viel Bier, aber du bist ganz anders! Eine Waffe und ein gefesseltes Paar?... Mensch!"

Herr Meier setzt sich neben sie, auch aufs Bett. „Naja…was kann ich sagen? Ich wollte dich wiedersehen und wusste, dass du irgendwie kommen würdest." Er küsst sie sanft auf ihren Hals.

„Ähmm...stimmt, aber nächstes Mal kannst du mir einfach eine private E-Mail mit einem falschen Namen schicken!"

„Ach Tanja, Computertechnik interessiert mich nicht und du weißt, dass ich ein gutes Spiel mag!"

„Ja...das weiß ich gut. Also… lass uns auf den Punkt kommen, weil wir nur zehn Minuten hier haben…"

Herr Meier lächelt und reibt sich die Hände, „Aaaah, als mein Geburtstagsgeschenk werfen wir das Paar in den Kleiderschrank, damit du und ich fünf oder sechs Minuten auf diesem Bett genießen können!"

„NEIN! Ich meine, wir müssen jetzt alle von hier raus!"

„Oh...", sagt Herr Meier, ziemlich enttäuscht. „Schade und ich dachte..."

KLONK!

Tanja, die Kommissarin, fällt plötzlich vorwärts vom Bett auf den Boden. Leider haben sie und Herr Meier nicht bemerkt, dass Petra Jacobvic wieder frei ist.

Mit dem kaputten Wecker hat sie die Kommissarin schwer auf ihren Kopf geschlagen.

7. SECHS MINUTEN

Bevor Herr Meier sich bewegen könnte, nimmt Petra die Waffe aus Tanjas Tasche.

‚Bleiben Sie, wo Sie sind und ich erschieße Ihre Freundin nicht!", warnt sie ihn.

‚Okay okay...ruhig bleiben, ruhig bleiben!", sagt Herr Meier leise.

‚Hände hoch!", befiehlt sie ihm.

"Hände hoch?" Oh man, Sie haben zu viele Krimis in Ihrem verdammten Fernseher gesehen!"

‚Halt die Klappe und keine Bewegung!"

‚Keine Bewegung oder Hände hoch? Welches genau wollen Sie?", fragt er.

Aber Petra lässt sich nicht verwirren, von dem was er fragte. Sie ignoriert ihn und mit ihrer freien Hand nimmt sie ein Stück Glas vom Wecker und schneidet die Seile von ihrem gefesselten Mann durch. Schnell ist er von allen Fesseln befreit.

Herr Jacobvic nimmt sofort die Waffe aus Herr Meiers Hosentasche.

‚Aufs Bett!", befiehlt Petra Tanja. Tanja steht langsam auf und setzt sich wieder neben Herrn Meier. Sie blutet ein bisschen am Kopf.

Tanja dreht sich dann zu ihm. „Ich muss dir etwas sagen..."

„Ja? Was ist es?"

„...es ist nie langweilig bei dir", sagt sie und lacht leise. „Noch nie!"

Herr Meier lacht auch leise. „Stimmt", sagt er und blickt die Decke an. Plötzlich ist sein Gesicht wieder ernst. „Sag mal...wie geht es mit Jürgen?"

„Halt die Klappe!", unterbricht Herr Jacobvic und schlägt Herrn Meier ins Gesicht. „Sie wollten meiner Frau wehtun? Ich zeige Ihnen was!" Wütend sucht er kurz nach mehr Seilen. Dann holt er das Klebeband vom Fußboden und auch ein Messer aus der Küche.

„Halt sie kurz", sagt er, als er seiner Frau die Waffe gibt.

Jetzt mit freien Händen zieht er Tanja vom Bett hoch, dreht sie um und legt sie auf ihren Bauch zurück aufs Bett. „So behandelt man eine Gans an Weihnachten!", sagt er.

„Was tun Sie?", fragt sie, ziemlich schockiert. „Wollen Sie mich fesseln? Meinen Sie es ernst? Das können Sie nicht tun!"

„Doch", sagt Herr Jacobvic und schiebt ein längeres Stück Seil unter ihrem Körper durch.

„Nein!", ruft Tanja. „Wissen Sie nicht wer ich bin? Ich...ich bin Kommissarin bei der Danburger Polizei!"

„Ja und ich bin Harry Potter", antwortet Herr Jacobvic leise, während er ihre Hände hinter ihrem Rücken eng zusammenfesselt, genauso wie Herr Meier es bei ihm und seiner Frau getan hatte.

„Es ist wahr! Ich bin wirklich Kommissarin!", protestiert sie weiter. „Schauen Sie in meiner Tasche nach! Ich bin wirklich von der Polizei!"

„Ach ja?", sagt Herr Jacobvic. „Polizistin mit kurzem Rock und tief geschnittenem Top? Sie lügen!"

„Ich lüge nicht! Normalerweise, in diesen Situationen, tragen wir keine Uniform!", erklärt sie. „Schauen Sie mal in meiner Tasche nach. Wenn Sie keine Beweise finden können, dürfen Sie mich gleich erschießen! Okay?"

Das Paar schaut einander an.

Mit der Waffe noch in ihrer Hand sucht Petra in Tanjas Handtasche.

„Nah?", fragt Herr Jacobvic.

Petra schaut weiter aber sagt nichts.

„Schatz...ist das wahr?", fragt Herr Jacobvic weiter, „Ist diese Schlampe wirklich Polizistin?"

„So sieht es aus", antwortet Petra leise. „Dieser Ausweis ist bestimmt echt...aber sie ist nicht nur Polizistin, sondern die Kommissarin…"

„Ja, und Sie sind keine Verbrecher", sagt Tanja, „Aber in sechs Minuten wird alles für uns alle vorbei sein..."

„Wie meinen Sie das?", fragt Petra.

„In sechs Minuten stürmen viele schwerbewaffnete Polizisten herein. Entweder wird die Polizei Sie gleich erschießen, oder mindestens drei von uns werden im Gefängnis landen!"

„Wieso?", fragt Petra. „Wir wurden gekidnappt!"

„Das ist mir egal!", sagt Tanja. „Wenn die Polizei reinkommt und mich, ihre wunderbare Chefin, auf diesem Bett sieht, mit meinen Händen und Füßen gefesselt...wie können Sie das erklären?"

„Aber…"

„Und Ihre Fingerabdrücke sind auf meiner Waffe...wie erklären Sie das?"

„Aber…"

Tanja spricht weiter: „…vielleicht werde ich von meinem Job entlassen, weil ich allein reingekommen bin…aber trotzdem, wird Herr Jacobvic auf die Kinder aufpassen müssen…ohne ihre Mutter."

„Und er ist arbeitslos", sagt Herr Meier, während er seine Hände langsam klatscht.

„Aber wir sind unschuldig!", protestieren die Eltern gleichzeitig.

„Hören Sie mir gut zu", sagt Tanja laut, „entweder können wir alle schnell von hier raus, als wenn nichts passiert wäre, oder Sie können hier auf die bewaffneten Polizei warten und dann muss ich ihnen die Wahrheit erzählen, dass Sie mich geschlagen und gefesselt haben. Wenn Sie die zweite Wahl nehmen, dann sieht die Mutter ihre Kinder bestimmt nicht für drei oder vier Jahre."

Tanja sieht schnell auf die Uhr an der Wand. „Jetzt haben wir nur noch fünf Minuten. Entscheiden Sie sich, aber schnell!"

Für einen Moment überlegt das Paar was sie tun sollten.

„Sie hat Recht…", sagt Petra endlich zu ihrem Mann. „Wir müssen jetzt alle von hier raus!"

„Warten Sie kurz!", sagt Herr Jacobvic plötzlich. Jeder schaut ihn an.

„Sie haben aber nur ein paar Minuten, um mich freizulassen! Was ist jetzt los?", fragt Tanja böse.

„Ich will von Ihnen einen Job… etwas im Büro vielleicht…aber nicht in Danburg! Leipzig oder Dresden wäre okay. Und wir wollen auch dieses Schwein (er deutet seinen Finger auf Herrn Meier) weit weg von uns. Er muss in ein anderes Hochhaus ziehen!"

Herr Meier lacht laut. „Tue das für ihn", sagt er zu Tanja. „Besser als wenn wir beide ins Gefängnis kommen!"

„Ja ja, ok versprochen", sagt Tanja genervt. „Sie haben mein Wort...jetzt lassen Sie mich frei, aber schnell. Dieses Seil tut mir wirklich weh!"

Herr Meier steht auf und geht schnell zur Tür. Plötzlich dreht er sich wieder um.

„Tanja, ich will wirklich wissen...wie geht es Jürgen?"

„Jürgen geht's ganz gut... jetzt geh!"

Herr Meier schüttelt seinen Kopf und verlässt das Zimmer.

Herr Jacobvic schneidet Tanjas Seile durch und sie ist jetzt wieder frei. Sie steht sofort auf.

„Gehen Sie und holen Sie ihre Kinder ab", sagt sie zu Herrn Jacobvic. Ich werde jetzt die Polizei anrufen und ihnen erzählen, dass ich die Frau allein und unverletzt gefunden habe."

„Ja toll. Das Café schließt bald", sagt er. Er küsst seine Frau und verlässt auch schnell das Zimmer.

Die Tür wird geschlossen.

Tanja dreht sich zu Petra um. „Frau Jacobvic, wie erklären Sie der Polizei, dass Sie meine Waffe haben?"

„Oh je!", sagt Petra und gibt ihr so schnell wie möglich ihre Waffe zurück.

„Und?", fragt Tanja.

„Was denn? Oh... Herr Meiers Waffe! Hier, bitte!" Petra gibt Tanja die andere Waffe zurück. Sie legt beide sofort in ihre Handtasche.

„Und jetzt benutzen Sie Ihr Handy?", fragt Petra.

49

„Ja...", sagt Tanja, „...genau."

„Was für einen Abend!", denkt Petra erleichtert. Alles ist jetzt vorbei. Sie freut sich ihre Kinder wiederzusehen. Wenn sie ihr Handy endlich einschalten kann, wird sie die Jungen sofort anrufen!

Tanja setzt sich wieder aufs Bett und wischt ein bisschen Dreck von ihrem Rock.

„Nah?", fragt Petra/ „Worauf warten Sie?"

8. DIE ERTSE NACHT

Tanja macht eine Pause, während sie auf ihrem Rock nach mehr Dreck sucht. „Gefällt Ihnen meine Kleidung?", fragt sie Petra endlich.

„Ähm...ja...sie ist schön", antwortet Petra höflich.

„Schön? Ist das alles? Dieser kurze Rock allein hat mich 95 Euro gekostet!"

„Qualität kostet", sagt Petra noch höflich.

„Ja...Qualität kostet. Ich mag besonders dieses kurze rosa-schwarze Top... und finden Sie meine hochhackigen Schuhe nicht zu hoch für eine Frau mit meinem Aussehen?"

„Ja...ähm, ich meine nein...es sieht toll aus...ähm, rufen Sie jetzt die Polizei an? Ich möchte jetzt gehen und..."

„Oh je!", unterbricht Tanja, „Ich hab fast vergessen...jeden Moment kommen viele große Männer herein und hier sitze ich auf diesem eleganten Bett, während ich nur einen kurzen, roten Rock und eine tief geschnitten Top trage!" Sie schaut zu Petra auf. „Finden Sie das nicht ein bisschen spannend, Frau Jacobvic?"

„Wie bitte?", fragt Petra, nicht sicher was sie sagen sollte.

„Ach ja...Sie kommen aus Osteuropa...das ist mir klar."

„Sie machen mir Angst."

„Darf ich Sie Petra nennen?", fragt Tanja. Sie lehnt sich langsam zurück aufs Bett, während ihre Augen noch auf die andere Frau fixiert sind.

„Ähm… ich heiße Frau Jacobvic."

„Petra…", fängt Tanja trotzdem an, „ich muss dir etwas über mich erzählen…"

„Was...was wollen Sie mir erzählen?", fragt Petra.

Tanja steht wieder auf und macht langsam ein paar Schritte auf Petra zu.

„Manchmal bin ich eine verrückte Frau."

„W...wirklich?", fragt Petra. Sie macht einen Schritt zurück.

„Ja...wirklich. So hat der SEK Leiter mich heute Abend auch genannt..."

Tanja nähert sich langsam Petra, aber Petra nimmt ein paar Schritte zurück.

„Ich brauche Hilfe Petra...", sagt Tanja weiter. „Ich brauche Hilfe, weil ich immer Gefahr spannend gefunden habe. Je mehr Angst ich fühle, desto spannender finde ich es."

Petra nimmt wieder einen Schritt zurück, aber fühlt dann die Wand in ihrem Rücken.

Tanja kommt langsam, immer noch näher. „Petra…", fängt Tanja an. „Du bist eine intelligente Frau. Du weißt was passieren würde, wenn du etwas über mich oder meinen Freund Herrn Meier sagen würdest?"

„Ja, ich bin eine intelligente Frau und ich weiß was passieren würde, wenn ich...wenn ich etwas über Sie oder ihren Freund Herrn Meier sagen würde", wiederholt Petra voller Angst.

„Hey, hey... Petra Baby!", sagt Tanja plötzlich mit einer süßen und umsorgenden Stimme. „Liebling...hab keine Angst vor mir. Alles wird gut. Bitte! Ich will... Ich will, dass dieser Moment besonders ist."

„Wie bitte? Wa...was für einen Moment?"

„Petra, ich bin hier gekommen, weil ich gerne Herrn Meier wiedersehen wollte, aber um ehrlich zu sein, war das nicht mein einziger Grund. Drei Verkäufer und auch Herr Meier haben über deine besondere Schönheit gesprochen. Ich glaubte das nicht. Aber jetzt, weil ich dich mit meinen eigenen Augen sehen kann, weiß ich, dass sie alle Recht hatten."

„Ähm danke, aber meine Kinder warten jetzt auf mich und ich..."

„Petra...hast du in deinem Leben schon mal eine Frau geküsst?", fragt Tanja.

„Eine Frau geküsst? Nein natürlich nicht. Warum fragen Sie mich das? Oh...oh nein! Bitte denken Sie nicht daran!"

Tanja tritt noch näher. Der Abstand zwischen ihnen ist jetzt weniger als eine Armeslänge. „Petra, vor ungefähr 25 Jahren habe ich mir versprochen, wenn ich jemals in meinem Leben eine Frau küssen würde, müsste sie die schönste Frau sein, die ich jemals gesehen habe."

„Warum erzählen Sie mir das?"

„Denn heute ist dieser Tag und du bist die Frau."

„Bitte nein, bitte nein!", sagt Petra, als sie den Kopf schüttelt.

Aber Tanja macht ihren letzten Schritt vorwärts, damit ihre Nasen sich treffen.

„Petra…", sagt Tanja leise, „Ich habe viel in meinem Leben riskiert, um Kommissarin zu werden und jetzt riskiere ich alles, um dich zu küssen…Schließe deine schönen Augen und denk nur an die erste Nacht…die erste Nacht, die du endlich allein mit deinem Mann verbracht hast…"

„Die erste Nacht?", fragt Petra.

„Ja… und jetzt, statt deines Mannes, wirst du mich mit der gleichen Leidenschaft langsam küssen. Mit der Leidenschaft, die sagt: *Endlich habe ich dich ganz allein und nur für mich!*"

Petra schließt langsam ihre Augen. Vor dem Streit, vor der Hochzeit, und sogar vor sie ein Paar waren, hätte sie alles gemacht, um fünf Minuten mit Fillip Jacobvic zu verbringen.

Sie war sechszehn, sehr verliebt aber sehr unglücklich. Mama und Papa hatten ihr Filip mehrmals verboten. Papa hatte Filips Vater gewarnt: „Wenn dein Sohn in die Nähe von meiner Tochter wiederkommt, landet bestimmt jemand im Krankenhaus!"

Petra weinte fast täglich in ihr Kopfkissen, aber dieser Tag würde ganz anders zu Ende kommen.

Elf Uhr nachts. Mama und Papa schliefen.

Früher am Tag hatte sie den Fensterrahmen von ihrem Schlafzimmer in der zweiten Etage geölt, damit er keinen Lärm machte. Sie machte ihr Fenster langsam auf und begann vorsichtig dadurch zu gehen, sodass sie den Baum runter klettern konnte.

Aber den nächsten Schritt hatte sie nicht so gut geplant. Der Baum war ein bisschen weiter weg als sie dachte. Sie streckte ihre Hand aus, weiter und weiter, aber sie konnte ihn noch nicht erreichen… und dann rutschte sie aus.

„Hilfe! Hilfe!", rief sie, als sie hilflos an ihrem Fensterrahmen hing. Ihre Finger waren ein bisschen ölig und sie konnte nicht länger festhalten. Bestimmt würde sie bald sechs Meter schwer zu Boden fallen.

Das Licht in ihrem Schlafzimmer ging an und schnell zogen sie zwei große Hände in Sicherheit.

„Spinnst du?", rief ihr wütender Papa. Er bemerkte, dass seine Hände ölig waren und wusste sofort was seine Tochter getan hatte. Wütend drehte er sich um und schlug schwer gegen die Wand. Obwohl Petra dankbar sein sollte, fiel sie auf die Knie und weinte hysterisch.

Während des ganzen nächsten Tages weinte sie mehr als zuvor. Sie aß nicht und ihre Eltern sprachen immer noch nicht mit ihr.

Am folgenden Morgen kamen die Eltern früh zu Petra, die immer noch traurig durch ihr Fenster in ihrem Schlafzimmer aussah. Sie befahlen ihr, ihre Sachen zu packen.

„Beeil dich!", sagte ihre Mama einfach.

„Was habt ihr vor?", fragte sie ängstlich.

„Steig einfach ins Auto ein", sagte Papa, ohne sie anzusehen.

Sie stiegen ins Auto ein und ohne ein weiteres Wort fuhren die drei los.

„Wohin fahren wir?", fragte Petra. Ihre Mutter wirft schnell einen Blick auf ihren Mann. Er schüttelt seinen Kopf für einen Moment und sie reisten weiter. Sie war sehr verwirrt.

Sie fuhren durch die Stadt, unter der Hauptbrücke hindurch, um das Rathaus und dann sah sie es...das Krankenhaus.

Eine Träne rollte ihr Gesicht runter.

„Papa...es tut mir wirklich leid! Vergib mir!", bat sie. „Ich bin kein verrückter Mensch!"

Aber das Auto fuhr am Krankenhaus vorbei, ohne ein Wort von den Eltern.

„Aber...?", sagte sie und drehte sich um, als das Krankenhaus weiter und weiter weg von ihr ging.

Ein paar Minuten später fuhr das Auto an einer Kirche vorbei, die sie irgendwie erkannte. Sie guckt sie an, während das Auto langsamer fährt.

Ihr Papa parkte das Auto und drehte sich zu seiner Tochter um. Er sah ganz ruhig aus. „Petra, vergiss nie wie sehr wir dich lieben, okay? Jetzt steig bitte aus."

„Aber..."

„STEIG AUS! STEIG AUS!", schrie er und wischte wütend eine Träne weg.

Petra stieg schnell aus dem Auto. Ihre Mutter folgt ihr und zusammen gingen sie ein Paar Meter weg vom Auto.

„Mutter, ich verstehe nicht was los ist. Warum...?"

Aber ihre Mutter ließ sie nicht weitersprechen. Sie umarmte ihre Tochter eng und dann sah sie sie ganz ernst an. „Schatz, hör mir gut zu...es ist fast zwei Uhr. Die Apotheke ist um die Ecke und bis acht Uhr geöffnet. Hier ist Geld dafür und etwas zu essen. Du kannst auch eine Reisekarte für morgen damit kaufen... Schau mal...da drüben ist Filip in seinem Auto. Er wartet auf dich...na los!"

Sie küsste ihre sprachlose Tochter auf den Kopf und stieg wieder ins Auto ihres Mannes ein.

Das Auto fuhr sehr schnell los.

Petras Eltern hatten endlich beschlossen, dass sie ihre Tochter nicht jede Minute des Tages beschützen konnten und, dass es besser für sie wäre, ihren Freund Filip in Sicherheit zu treffen, als ihr Leben insgeheim zu riskieren.

Und so fand fast acht Stunden später endlich 'Die Erste Nacht' statt. Sie hatten etwas gegessen und auch ein bisschen Alkohol getrunken. Die zwei waren jetzt ganz allein in Filips kleinem Zimmer. „Keine Schwierigkeiten mehr. Niemand wird uns unterbrechen", dachten das Paar. „Lass uns endlich einander zeigen, wie sehr wir verliebt sind!"

Petras Rücken wird gegen die Wand gedrückt. Sanft treffen sich jetzt ihre Nasen.

Immer noch stehend, küssen sie sich. Sie küssen sich lange und sehr, sehr langsam. Obwohl Petra überglücklich ist, weint sie ein wenig. Einige Tränen tropfen auf den Fuß der anderen Person, während sie sich immer noch langsam küssen.

Endlich hören beide auf. Sie bewegen sich nicht und für ein paar Sekunden ist es nur still. Man kann nur die zwei schlagenden Herzen hören…

„Oh ja!", sagt Tanja endlich und fast außer Atem. „Das war traumhaft!"

9. . DAS ENDE?

Petra öffnet plötzlich die Augen und ist jetzt zurück in der Wirklichkeit. Sie ist schockiert und fängt an zu zittern, weil es ihr klar wurde, was sie gerade getan hat.

„Bitte!", sagt sie, während mehr Tränen auf Tanjas Füße fallen. „Ich habe getan was Sie wollen, bitte rufen Sie jetzt die Polizei an!"

„Das ist nicht nötig", sagt Tanja.

„Wieso?", fragt Petra frustriert.

Plötzlich schlägt Tanjas Knie, schnell und sehr schwer, in der Bauch von Petra.

„AAAAAHHH!", schreit Petra über den großen Schmerz. Sie fällt schwer auf den Boden. RUMPS! macht ihr Körper, als sie landet.

„Niemand schlägt mich ohne Tadel!", sagt die Kommissarin jetzt mit nicht mehr so süßer Stimme. „Glauben Sie wirklich, dass ich über den Wecker vergessen habe?" Sie tritt auf Petras Hand.

Schnell holt die Kommissarin den kaputten Wecker und steckt ihn in ihre Tasche. Mit einem Handtuch geht sie auf ihre Knie und wischt schnell ihren lilafarbenen Lippenstift von Petras Mund.

Dann steht die Kommissarin wieder auf und sieht die Tür an.

Vier SEK Polizisten stürmen mit ihren Waffen hinein. Rote Laserstrahlen zeigen sofort auf die zwei Frauen.

„Herr, die beiden Frauen sind hier!", rufen sie. „Sie sind hier! Dank dem Schreien haben wir sie endlich gefunden!"

„Mein Bauch, mein Bauch…!", wiederholt Petra flüsternd, die immer noch mit Schmerzen auf dem Boden rollt.

„Wo ist der Mann?", fragt einer der SEK Polizisten die Kommissarin.

„Ich habe keine Ahnung", sie antwortet. „Er hat mich geschlagen, aber trotz meiner Kopfverletzung habe ich ihn zurückgeschlagen und danach rennt er weg. Der Mann hat leider die ganze Zeit sein Gesicht verdeckt."

„Sie haben ihn geschlagen? Kommissarin, wie mutig! Sie sind eine Heldin! Aber geht es Ihnen wirklich gut?"

„Nie besser, danke", antwortet sie mit einem kleinen Grinsen. „Alles ist gelaufen, wie ich geträumt habe."

Und so endet diese Geschichte.

.

Oder doch nicht?

Natürlich wurde Petra Jacobvic ins Krankenhaus gebracht und zwei Monate später fühlte sie sich besser. Nur wenn sie zu viel lachte, tat ihr Bauch ein bisschen weh.

Vor allem ist sie ganz froh, dass sie jetzt wieder echtes Essen essen kann und keine Eiweißgetränke mehr trinken muss!

Die Eltern streiten sich nicht so oft wie früher, sondern nur ab und zu, und es dauert nie lang. Sie haben abgemacht, dass die ganze Familie einander umarmen sollen, bevor sie jeden Abend ins Bett gehen...egal ob sie froh sind oder nicht...wie süß!

Sie haben auch die Computerspiele und Konsolen von Thomas und Markus in den Müll geworfen.

Die Jungs vermissen die Computerspiele nicht so sehr, wie sie erwartet hatten. Thomas ist jetzt elf Jahre alt und spielt oft Fußball oder Basketball mit seinen Freunden im Park. Markus, der drei Jahre älter ist, findet seine Mitschülerinnen nicht mehr so dumm oder langweilig wie früher.

Er hat keine Ahnung warum.

Zurück zu Petra: Ein Jahr ist vergangen und sie hat mit ihren acht Jahren Erfahrung als Model ihre eigene Agentur gegründet. Sie ist optimistisch, dass in 16 Jahren ihre Tochter mitarbeiten wird (sie ist jetzt schwanger und erwartet eine Tochter).

Und was ist mit Herrn Winkler passiert? Manchmal denkt er immer noch an Herrn Meier.

Der Beamter kann etwas immer noch nicht verstehen, dass der Anrufer zu ihm gesagt hatte... „*Stellen Sie Ihre Füße in kaltes Wasser...*" Wo hat er diesen verrückten Satz schon einmal gehört?

„Ach!", sagt Sandra zu ihm genervt. „Das Wichtigste, das ich seit fünf Jahren bei der Polizei gelernt habe, ist, dass man nicht zu viele verrückte Fragen stellen sollte..."

Sie spricht weiter: „...und jetzt komm ins Bett! Morgen müssen wir früh aufwachen!"

ENDE

Bevor Sie gehen müssen!

Ich wäre sehr dankbar, wenn Sie einen Review auf Amazon hinterlassen könnten.

Finden Sie mehrere Bücher von mir, auf Deutsch, Spanisch Französisch und Englisch auf JASI.ONLINE -

Und vergessen Sie nicht zu abonnieren, damit ich Sie immer noch Neuigkeiten geben kann.

Michael Wolliston

Ich widme dieses Buch meinen früheren Eltern.

Ohne Sie wäre es unmöglich,

dieses Buch zu schreiben.

Printed in Great Britain
by Amazon